마음에 새긴 비문

人人 사십편시선 029

김정원 시집

마음에 새긴 비문

2019년 10월 14일 제1판 제1쇄 발행

지은이   김정원
펴낸이   강봉구

펴낸곳   작은숲출판사
등록번호   제406-2013-000081호
주소   10880 경기도 파주시 신촌로 21-30(신촌동)
전화   070-4067-8560
팩스   0505-499-8560
홈페이지   http://cafe.daum.net/littlef2010
이메일   littlef2010@daum.net

ⓒ 김정원

ISBN 979-11-6035-071-5 03810
값은 뒤표지에 있습니다.

※이 책은 저작권법에 따라 보호받는 저작물이므로 무단 전재와 무단 복제를 금합니다.
※이 책의 전부 또는 일부를 이용하려면 반드시 저작권자와 '작은숲출판사'의 동의를 받아야
  합니다.

마음에 새긴 비문

김정원 시집

작은숲

| 시인의 말 |

어디로 갈 것인가.
어떻게 갈 것인가.

대숲에서 대나무와 견주며 위로만 자라는 소나무는 멋도 없을 뿐더러
가늘고 껑충하여 바람에 크게 흔들리고 쉽게 부러진다. 그 소나무는
근사한 정원수로도, 튼튼한 기둥으로도 쓰지 못한다.
가파른 경쟁은 몸과 정신을 병들게 하고 인간미를 잃게 하여 세상을 사
막으로 만든다. 그러나 얽히고 설킨 대나무 뿌리와 모난 돌들을 어루
만지며 반드시 웅덩이를 채우고 넘어가 낮은 곳으로 모이는 물은, 어
떠한 세력도 대적할 수 없는 바다가 된다.

이천십구 년 가을
빛고을에서 김정원

| 차례 |

제3부

제1부

구조

뿔도 없는 매미가
아파트 베란다 유리창을
머리로 자꾸 들이받는다

나는 창문을 열고
거실로 얼른 달려가
형광등을 끈다

원전 하나가 날개를 접고
낮달 같은 지구에
혈색이 돌아오는 밤

귀향

쪽방촌 사람들의 배처럼
한강은 가장자리부터 언다

겨울 봄 여름 가을
늘 몹시 추운 나는
서울을 떠나 남도로 돌아간다

장성 갈재를 넘어
물 맑고 볕 좋은 담양*으로
서둘러 돌아가
아이 같으면
아늑히 보듬어 웃고
어머니 같으면
가없이 안겨 울리라

대숲이 포대기처럼 감싼

대지의 젖가슴에 엎드리면

돌아온 탕자를 토닥여 주리라
고향땅이 내 야윈 어깨를

* 담양(潭陽) : 물과 볕

마음에 새긴 비문

　고등학교 일학년 때였다. 나는 담양에서 광주로 유학을 가서 양림동에서 자취를 했다. 단풍이 비단개구리 떼울음처럼 병풍산을 내려오던 어느 토요일 오후. 집에서 하룻밤 자고 이튿날 동틀 무렵부터 해질녘까지 식구끼리 조선낫으로 벼를 벴다.

　길고 고단한 일요일 저녁 다시 자취방으로 돌아가야 했던 무거운 발걸음. 우리 마을에서 한참을 걸어가야 신작로가 나왔다. 가난한 삶처럼 울퉁불퉁하고 먼지 풀풀 날리는 그 신작로 가에 허름한 원두막 같은 버스 정류장이 있었다. 나는 일주일치 양식인, 자루에 든 쌀 두 되를 어깨에 메고 막차를 타러 논길을 진땀나게 걷고 있었다.

　그때였다. 뒤에서 어머니가 손사래를 치며 달려오고 계셨다. 숨을 헐떡이며 다가오신 어머니는, 붉은 라면봉지에 싸서 노끈으로 묶은, 아직도 따뜻한 무언가를, 두근두근 기다리는 나에게 건네주셨다. 그리고서는 아즘찮은* 몸짓으로 막차를 놓치겠다며 어서 가라고 재촉하셨다. 등

근달이 뾰족한 꼭대기를 품은 소나무 아래서 뒤를 돌아보았다. 어느새 초등학생처럼 작아진 어머니는 아직도 그곳에 서서 막내아들 뒤통수를 짠하게 바라보고 계셨다. 감나무가 많은 시목마을 열녀비각을 지나 논길이 굽은, 어머니가 보이지 않은 언덕배기에서, 그 라면봉지를 펼쳐보았다.

구운 갈치 두 토막! 느닷없이 비린내의 날카로운 가시가 왜 그렇게 서럽고 시큰하게 내 눈과 코를 깊이 찌르던지 왈칵 눈물이 쏟아졌다. 눈앞이 흐려 하늘만 쳐다보다가 가까스로 버스에 올라탔다. 고단함이 발바닥에서 머리끝까지 꽉 찼다. 묵은 파김치가 된 운전사와 차장과 나, 세 사람이 버스를 전세 낸 듯, 실내는 썰렁하고 침침했다. 나는 맨 뒷자리에 앉아 차창 밖을 내다보았다. 유령 같은 미루나무 우듬지에 빈 까치집이 차츰 작아지면서 고향이 멀어져갔다.

글을 배우지 못한 어머니는, 한 자도 남겨줄 수 없어서,

14

순박한 생활과 얼로 비문을 새겨 놓고 세상을 떠나셨다.
삼십 년이 지났지만 그 비문은 비바람에 조금도 풍화되지
않고 내 마음에 그대로 남아 있다,

　　또렷이,

　　'비릿한 삶을 구워 구수한 향기를 내라.'

환청

젖은 눈시울인가, 촉촉한 달빛이

낭창낭창한 바람 따라 창호지문에 묵죽을 친다

어미 잃은 새끼사슴처럼 목을 길게 빼고 귀를 쫑긋 세워

물레소리 다듬이소리 그리는데 첫닭이 운다

거리에 배고파 웅크린 고아 잔등같이 시린

초승달이 몸을 녹이려 구름누비이불을 뒤집어쓴 틈에

어머니가 다녀가시나

댓잎이 마당 스치는 푸른빛 소리

어릴 적 새벽녘 꿈결을 어렴풋이 쓰다듬던 어머니가

대청마루에 살포시 치마 *끄*는 그 소리에

울타리 사이 가죽나무에서 참새들이 풍기듯 와락 방문
열고 내다보니

섬돌에 다소곳이 흰 눈이 오신다

대바구니 행상

검정고무신 신고서 폭설에 덮인
동구 밖 한길을 하염없이 바라보았다

서산에 해 지고 소리 없이 기어오는
검은 장막이 하마처럼 입을 벌리고
눈앞에서 모든 물상을 집어삼킬 때까지

곡두새벽 장성역에서 조치원역으로
비둘기호 타고 떠난 어머니는
열흘째 돌아올 줄 몰랐다

대숲이 품에 안은 아담한 초가 처마에서
맑은 눈물을 뚝뚝 떨어뜨리던
고드름은 어젯밤보다 목이 길어졌고

차갑고 어린 내 가슴은
슬픔이 물구나무서서 자라는 고드름이었다

소농(小農) 김종형

아버지는 자기 부모한테 땅 한 평 물려받지 못했다. 재
산도, 배움도 없었다. 가진 것이라곤 맨몸뿐이었고, 배운
것이라곤 농사뿐이었다. 남의 땅을 지어 먹고 살다가 논
몇 마지기 겨우 장만하여 자식들을 길렀다. 몸도 허약하
여 수건을 머리에 동여매고 앓을 때가 많았다.

대학교 이학년, 섣달 어느 날 새벽 다섯 시에 자취방으
로 전화가 왔다. 아버지가 돌아가셨다는 비보였다. 저녁
밥을 드시고 평상시처럼 잠드셨다는데…. 무논 같은 천성
대로 사람과 자연과 어울려 지내다가 순풍에 돛단배처럼,
훌쩍, 하늘로 날아간 신천옹.

셋째 형과 택시를 타고 광주에서 담양으로 갔다. 세상
은 온통 새하얗게 눈으로 덮여 있었다. 세상이 간난아이같
이, 아버지의 일생같이, 고요하고 깨끗했다. 나는 차창 밖
을 내다보았다. 중학교를 졸업하고 집을 떠난 뒤, 이생에

서 아버지와 함께 산 아주 짧았지만 행복했던 인연이, 기다려 주지 않은 무상한 세월이 가슴 에이게 질주했다. 그사이 차창에 마네킹처럼 붙박인 한 사람을 보았다. 뜨거운 눈물이 그의 뺨을 타고 소리 없이 흘러내리고 있었다.

탕수육

외식과 몸치장은 애초 외계인의 호사였고
옷에서는 두엄 냄새가 났던 농투성이, 아버지가
하루는 독립투사처럼 흰 두루마기를 걸치고 갈빛 중절
모를 눌러쓰고
어디론가 나를 데리고 갔다

오래 전부터 작심한 듯
아버지가 나를 앞세우고 간 곳은 만리장성이었고
식탁에 바르게 앉아 바위 구르는 목소리로 주문했다
"탕수육 하나 짜장면 둘, 주세요."

음식이 나오자 아버지는 탕수육 한 점 맛보더니
"내 입맛에는 안 맞다. 너나 많이 먹어라." 하며
내게 접시 채 밀어주었다

엊그제 아들 중학교 졸업식 날

나는 '자금성'에서 짜장면 두 그릇, 탕수육 한 접시, 사이
다와 이과두주를 주문했다

　탕수육 두서너 점을 집어먹고
　짐짓 탕수육 맛을 모르는 아비처럼 한참 바라보았다, 해
찰 한번 하지 않고 탕수육을 먹는 녀석 모습을

　그때, 까마득한 저편, 묵은 기억의 별빛마저 창백한데,
　세상에 없는 나의 만, 리, 장, 성,
　아버지가 생각났을까, 왜,
　별안간

옛 동무 아버지 이야기

1
늙은이 둘만 도시 변두리에서 살았다

아버지는 치매에 걸린 어머니를 지극정성으로 돌보았다

그러다가 아버지는 폐암 말기 선고를 받았다

아버지는 폐암에 대해 두 아들한테 입을 꼭 다물었고

마침내, 독한 결심을 했다

눈 녹고 참꽃 피는 날, 아버지는 어머니를 데리고 뒷산
벼랑 끝에 올랐다

2

경찰은 사흘 만에 두 시신을 찾았다

아버지의 바지 호주머니에서 발견된 쪽지 한 장,

내용은 짧았다

"내가 너희들 어미를 혼자 두고 그냥 떠날 수가 없었다.
너희들한테 짐이 되기 싫었다. 그래서 동반 자살을 생각했
다. 애비가 너희들한테 힘이 되어 주지 못해 미안하구나."

추신 한 줄도 잊지 않았다

"큰애야, 보험금을 타서 동생과 의좋게 나눠라."

주인공들

할머니와 어린 손자가
골목길을 걷고 있었다

할머니가 조심히 피해가려다가 그만
고급 외제 승용차 뒷문을
유모차로 긁고 말았다

당황하는 할머니를 보고 손자가
차 앞 유리에 붙은 번호로 전화를 했다

중년 부부가 달려왔다
부인이 자기 승용차를 살펴보지도 않고
할머니에게 꾸벅 절하며 말했다

"할머니, 죄송합니다.
좁은 골목길에 주차해 불편하게 했습니다.

이야기는 손자에게 들었습니다.
모든 잘못은 차주인 저희에게 있습니다.
조금도 걱정하지 마십시오."

할머니와 손자는
부인에게 고맙다는 인사를 거듭하고
집으로 돌아갔다

차가운 세상에 따뜻한 서설이 내린 날

이 소문을 들은 그 외제 자동차 회사는
승용차 뒷문을 무료로 수리해 주었다

토담 쌓기

어쩌면 낯선 당신과 내가 만나
맨땅에 이 담을 쌓는가

기초를 튼튼히 다지고
그 위에 당신이 흙을 얹고
그 위에 내가 돌을 얹고
또, 그 위에 당신이 흙을 얹고
다시, 그 위에 내가 돌을 얹으며

수평을 이뤄 반듯이 삶을 쌓다가
붙잡을 지푸라기 하나 없이
막막히 하늘만 쳐다보고 서 있을 때
나는 당신에게, 당신은 나에게
든든한 바지랑대가 되고
새어 나오는 햇빛 한 줄기 없이
망연히 땅바닥에 주저앉아 있을 때

당신은 나에게, 나는 당신에게
밝은 사다리가 되고

유연함과 강인함이 궁휼히 보듬어
층층이 곱절이 된 접착력으로
비바람과 눈보라에도 허물어지지 않고
오히려 세월이 흐를수록 더 단단해지는
흙과 돌, 가시버시 담에

빛과 그늘이,
성공과 실패, 기쁨과 슬픔, 희망과 절망이
해와 별같이 갈마드는 인생에서
당신이 당신을 먼저 흘러내리지 않으면
내가 나를 먼저 떨어뜨리지 않으면

산불이 휩쓸고 간 잿더미에서도

아기의 앞니처럼 질경이가 돋아나고
물 한 방울 없던 골짜기에서도
봄눈 녹고 쉬리가 헤엄치듯

넘어질 때마다
우리는 넘어진 그곳을 짚고 다시 일어나
서로 상처를 가엾이 어루만져 주리라

그래서 함께 밟아온 날들의 반죽을 돌아보아
너무 질면 차가운 이성을 더 붓고
너무 되면 뜨거운 감정을 더 쏟으면서
아담한 사랑담을 차지게 쌓아 가리라

아무도 일하지 않는 겨울밤이 오고
길이 끝나는 데까지

실화

큰일 났다
점심때 아내가 집에 없어
혼자 컵라면을 끓여먹으려고
커피포트에 물을 붓고
아무 생각 없이 가스 불에 올렸다
베란다에 컵라면을 가지러 간 사이
커피포트 플라스틱이 홀라당 타버렸다
잽싸게 가스 밸브를 잠그고
질식할 듯 매캐한 냄새와 검은 연기를
부채로 몰아 부엌 밖으로 쫓아냈다
가슴이 벌렁거려서 쫄딱 굶고
실수로 불을 냈지만
아내에게 혼날 일만 남았다
으째야쓰까 으째야쓰까
증거를 죄다 없애기 위해
얼른 버리고 새 것으로 사다 놓을까

아니면, 말끔히 설거지와 집안 청소를 하고
대문에서 두 손 들고 기다리다가
생뚱맞게 사랑한다고 말할까
아니면, 손을 꼭 잡고
내가 평소에 안 하던 짓을 하더라도
나를 버리지 않을 거지, 하고
불쌍히 여기는 마음을 자아내
자초지종을 말할까
아니면, 짓궂은 유언장을 남기고
며칠 집을 나갈까
외려 뻔뻔하게 큰소리치며 대들까
집을 고스란히 태우지 않은 일만도
얼마나 대견하고 고맙지 않느냐고
으째야쓰까 으째야쓰까
큰일 났다

기름진 땅

나는 기름진 땅이다
농부가 씨를 뿌리면
풍성히 열매를 맺는
기름진 땅이다

마음을 넓고 둥글게 펼쳐
하늘의 가르침을 받아들이고
그 가르침을 오롯이 따르며
거짓 없이 떳떳하게 사는
기름진 땅이다

모두 배불리 먹이려고
나를 아프게 갈아엎고 파헤치는
보습과 삽에
부드러운 가슴을 기꺼이 내주는
기름진 땅

〉
조용히 지켜보던 하느님도
단비를 내려주고
푸석하게 메마른 이웃도
비로소 기름진 땅이 된다

제2부

돈오점수

한 사람을 만나 혼인하고 함께 사는 일보다
더 크고 참된 깨달음이 있을까

두 아이를 낳아 성인 되도록 기르는 일보다
더 간절하고 긴 기도가 있을까

도통한 고승도, 신부도 숫제 미치지 못한다
몸을 섞고 살아온 늙은 부부에

광화문 광장

누군가는 가고
누군가는 온다
겨울 가고 봄이 오듯

가야 할 추위가 가지 않으면
심술을 부린다 하고
가야 할 사람이 가지 않으면
몽니를 부린다 한다

피는 꽃을 훼살하는 꽃샘바람처럼
심술부리는 몸부림도,
벋는 촛불을 거스르는 미친바람처럼
몽니 사나운 발버둥도,
이미 다 죽은 좀비 연인이다

동백꽃 지고 복사꽃 피듯

가야 할 사람은 가야 하고
와야 할 사람은 와야 한다

이것이 거부할 수 없는
순리고 민주주의다

세월호 생존 여학생의 자유 발언

바다에서 올라 하늘에 핀 꽃별들이
오늘밤은 모두 광화문 광장에 내려와
이렇게 촛불이 되어 어둠을 밝힙니다

벌써 천 일째라 하지만
제게는 하루도 지나지 않았습니다
제 시간은 여전히 그날에 멈추어 있습니다

바뀐 것이 전혀 없고
밝혀진 것이 하나 없기 때문입니다

친구들이 미치게 보고 싶을 때는 기도를 합니다
오늘 밤에는 제발 찾아오라고

그런데 친구들은 좀처럼 나타나지 않습니다
꿈에도

〉
친구들의 원한을 풀어주지 못해서일까, 자책도 합니다

물론, 그들은 저를 원망하지 않을 것입니다
수구 정치인들처럼 속이 좁쌀만 한 애들이 아니니까요

저는 진실을 기필코 인양할 것입니다
파렴치하게 진실을 감추고 증거를 없애면서
변명과 외면과 무시와 거짓을 일삼는 박근혜 대통령과
그 부역자들이 모조리 혹독한 죗값을 치르게 할 것입
니다

그래야 훗날 친구들을 만나
울면서 웃을 수 있지 않겠습니까
웃으면서 울 수 있지 않겠습니까
웃으면서 울고, 울면서 웃으며

서로 위로할 수 있지 않겠습니까

어둠은 빛을 이길 수 없습니다!

반달

곰이 사람 되어
옥돌을 갈아 만든 거울, 이념으로
날개를 치장하는 데 목숨 건
쌍둥이자매, 좌익과 우익이
서로 차지하려고 인정사정없이 싸우다가
그만 깨뜨려 버렸네

겨레와 나라와 제도와
언어와 문화와 역사가 두 조각난,
딱한 한반도,
그리움만 하염없이,
한 조각은 하늘에 걸렸고
다른 한 조각은 강에 빠졌네

칠십 년 동안 늘 마주 보며
서로 비추고 있어도
아직 아득한 사랑

탱자꽃

가시와 가시 사이
꽃이 핀다
하얀 꽃이 핀다

우리라고 어찌 꽃을 피울 수 없겠는가
새하얀 통일꽃을 피울 수 없겠는가
남과 북 사이

휴전선에 비둘기가 깃들여
가만히 감았던 눈을 떠보니
꿈이 아닌 생시다

광주에서 베를린으로 달리는 열차 창가에선 내가,
창밖 개마고원에선 농군들이, 서로
환하게 웃으며 손 흔드는 봄날에

모내기

경상도 칠곡댁과 전라도 무안댁이
충청도 홍성 상하마을로 시집와
농사짓고 산다

유월 모내는 날
막걸리 마시고 취한 두 새댁이
논길에서 어깨동무하고
'봄날은 간다'를 간드러지게 부르는데
나는 왜 눈물이 쏟아지는 걸까

제주도 남원양반과 함경도 경성양반이
강원도 철원 들녘에서
어울렁더울렁 노래하고 춤추는 모습을
어서 보고 싶어서일까

꽃 따라 단풍 좇아

봄, 해남에서 철원까지 걸어서 올라가면
날마다 살구꽃을 볼 수 있고
가을, 철원에서 해남까지 걸어서 내려오면
날마다 단풍을 볼 수 있다

한라에서 백두까지
백두에서 한라까지
전라도 담양 사람인 내가
함경도 온성 동무와 손잡고 싸목싸목
걸어갈 수 있다면 얼마나 좋을까

햇볕 따뜻하고 바람 시원한 날
새들이 노래하며
가지에서 가지로 소풍가는 걸음으로

살구꽃과 단풍만 구경해도

향기로운 웃음꽃 피어 서너 달은 넉넉히
절로 신명이 날 텐데
하나 되는 먼 길도 코앞일 텐데

휴전선 철조망을 거침없이 넘어가
백두산 지천으로 피어나는 꽃과
휴전선 철조망을 아랑곳없이 넘어와
한라산 사방으로 물들이는 단풍을
나는 눈물 나도록 사랑한다

저 여린 초목의 거침없는 왕래와 질긴 생명력이
우리 산하를 짓밟고 뒤흔드는,
외국 군대가 누비는 탱크와 미사일을 물리치고
영창 담벼락처럼 한반도를 에워싼
모든 철조망과 총을 녹여 보습으로 만들
위대한 힘이라고 믿기 때문에

울창한 숲을 이루려면

한 거목이 민둥산을 숲으로 만들어주길 기대함은 한낱 백일몽이다. 아무리 뛰어난 거목이라도 혼자 울창한 숲을 만들지는 못한다. 우거진 숲을 만드는 목숨들은 척박한 땅일지라도 그 땅에 뿌리를 내려 함께 살며 자부심이 넘치는 크고 작은 나무들이다. 큰 나무는 작은 나무를 업신여기지 않고 작은 나무는 큰 나무에게 기죽지 않는 풍토에서, 마땅히 누려야 할 권리와 이행해야 할 의무를 아는 나무, 자기 삶을 스스로 기획하고 일구고 책임지는 나무, 푸른 숲을 더 푸르게 가꾸려고 다른 나무들과 어깨를 맞대고 비바람과 눈보라를 이겨내는 나무, 그 와중에도 쓰러지는 나무에게 기꺼이 등을 내미는 나무, 이름 없이 죽어서도 다른 초목의 밑거름이 되는 나무. 이런 나무라야 민둥산을 무성한 숲으로 만들고, 이런 나무 같은 시민이라야 훌륭한 나라를 이루지 않겠는가.

저녁 강

석양이 드러누워 쭉 뻗은 홍학 다리 같은
임시 고속도로를 낸 바다에
민물을 수혈하는 영산강 하구는
바람이 우는 물결을 다리미질하고 지나간 색종이

파랗고 두꺼운 그 종이에
점자들이 볼록볼록 자맥질하며 쓴 문장을
손으로 만지려하면 푸드덕 날아가 버릴 태세여서
인기척 없이 흔들림 없이 고사목처럼 둑에 서서
눈으로만 흘러가는 문장에 밑금을 긋고
왼쪽에서 오른쪽으로, 오른쪽에서 왼쪽으로
중첩해서 읽어보지만 도무지 해석에 접근할 수 없고

다만 행간에 담긴, 내 멋대로 헤아린 뜻은
청둥오리도 자기 새끼들을 거느리고
찬 물에서 남모르게 쉼 없이 물갈퀴를 저으며

삶의 무게를 감당하려고 땀나게 뛰어다닌다는 것
잔잔한 삶에도 돌풍이 몰아치는 때가 있어
긴장한 머리를 늘 바짝 처들고 수리를 경계한다는 것

저들 사는 모습이 영락없이 사람의 삶이어서
겨울이 아늑하고 정겨운 경치를 바라보다가
해가 강에서 임시 고속도로를 가뭇없이 철거할 때까지
숨죽이고 빠져 있다가

갈대에게 거센 물결이 얼씬 못하게
물고기에게 세찬 눈보라가 들어오지 못하게
가장자리부터 살얼음이 한지 같은 유리를 평평히 끼워가고

온 누리를 빈틈없이 메운 어둠에 떠밀려
어쩔 수 없이 집으로 돌아가는 내 눈시울은 팬스레
숯불 벌건 황토아궁이처럼 오래 뜨겁다

단독자

길이 좋아 성도 '길'로 바꾸고
길 위에 살림 차린 길고양이가
사람들 잠들고 가로등 꾸벅이는
골목길을 걷는다
한눈팔며 어슬렁어슬렁 걷다가
후미진 골목을 빠져나와
붉은 감잎 나뒹구는 공원 벤치에
웅크리고 앉아 골똘히 생각한다

늘 외롭고 춥고 가난하지만,
부자, 권력자, 유명인, 그
아무에게도 길들기를 거부하고
부초처럼 유민처럼 떠돌다가
긴 기다림에 지쳐 주저앉을 때
한 줄기 시의 여명이 비출라치면
몇 자 담배 은종이에 파종하여

마지막까지 묵은 어둠을 사르고
새날이 오면 흔적 없이 사라지는,
그래서 참으로 앞서 가는

샛별 정신

살아남은 자의 욕됨

노 시인과 남광주 시장에서
휘트먼과 루쉰과 카프카와
동학농민혁명과 518광주민중항쟁을 이야기한다

국밥을 안주로, 소주 다섯 병을 나눠 마시고
전남대병원 택시 승강장에서 헤어진 뒤
나는 도저히 집에 갈 수 없어서
옛 전남도청 앞 민주광장에서 서성거린다

시침이 새날 세 시를 가리키는 시계탑 아래
분수대에서는 함성이 쟁쟁하게 솟구치고
상무관에는 핏빛 울음소리가 낭자하고
광주시민과 김 선생과 나의 상처와
전일빌딩에 탄흔은 여전히 깊고 선명하여
젖은 금남로 바닥에 주저앉아
사무치게 그리운 벗들을 호명한다

〉
전영진 열사여
노수석 열사여
표정두 열사여
기혁 열사여
......

일천구백팔십 년 오월 뒤로
하루도 낮 들지 못하고 쉬이 잠들지 못하는
살아남은 자여

그 자의 치욕과
나는 싸운다
날마다 혼자서 싸운다

그 자는 나다

사실주의

꽃보다
밥이고
삶이다

시향(詩香)이
그거고
시향(詩鄕)이
거기다

제3부

시골 학교

– 졸업

세 번 매화 피고
세 번 매실 따면

세 번 감자 묻고
세 번 감자 캐면

세 번 모를 내고
세 번 벼를 베면

빈 당산나무는 조용히 바라본다
흰 교문을 벗어나는 햇곡식들을

멀리서 오는
새 발걸음을

따돌림

담임선생인 내가
조례하러 칠판 앞에 섰는데
아무도 머리를 드는 척도 안 한다
모두 스마트폰으로
만화나 음식이나 케이 팝이나 축구나 야구나
자동차나 의상을 골똘히 만끽한다

이 엄숙하고 신성하고 고요한 황홀경을 깨면
아예 반응 없을 아이들에게 상처받을까봐 나는
차마 입도 뻥긋 못하고 전달할 중요한 사항조차
종례 시간으로 미룬 채
바닥에 떨어진 쓰레기를 주워 휴지통에 넣고
누가 결석했나, 빈자리나 살피고 나오는데

아이들이 버릇없거나 야속해서가 아니라
기계가 사람을 처절하게 따돌리고

그렇게 아이들을 만든 사람이 어른이고

바로 '나'라는 자책에

울컥, 서늘한 설움이 복받친다

학급 담임

담임교사 스마트폰에 카카오톡으로
"죽기 딱 좋은 날입니다"라는
딱 한 문장만 보내고 가출한 아이

우울증에 시달리는 그를 찾아
광주시내 피시방, 찜질방, 술집, 오락실…
그가 있을 만한 곳이면 어디든 염치없이
마구 들어가 샅샅이 뒤졌다

손발이 시린지 입술이 터진지 모르고
미친 듯이 뛰어다니다가
댑바람 사나운 새벽녘
대학가 후미진 골목 가로등 아래
술 취해 쭈그리고 앉아 있는 녀석

눈물 나게 고마워서 으스러지게 안아 주고

그의 어머니와 택시 태워 집으로 보낸 뒤
아직 출근 시간이 일러
가까운 대중목욕탕에 들렀는데

놀란 심장이 얼마나 방망이질을 했던지
콩 만하게 졸인 마음이 몸을 마비시켜
뜨거운 물인지 차가운 물인지
분간도 못할 지경이었다

진로 상담

성적은 우수하지만 대학에 가지 않고
고등학교를 마치면 곧바로
일하겠다는 자웅이와 상담을 한다

자웅이가 대학에 마음 끌리지 않는
이유를 서너 가지 늘어놓더니
무슨 일을 하면 좋겠냐고 묻는다

나는 곰곰 생각하다가
평소 내 직업관을 솔직하게 털어놓는다

돈 많이 주는 일터도 찾지 마라
일하기 편한 일터도 바라지 마라
높은 자리를 제의하는 일터도 마다하라
소신껏 일하고 당당하게 대가 받는 일터,
네 능력이 백이라면 칠십을 요구하고

쉼과 창조 공간으로 삶이 보장된 일터,
무엇보다도 이웃이 꽃이고, 그 꽃이
농민이면 득달같이 달려가라

소농의 자식으로 사족 하나 붙인다면

나는 농민을 교수보다 더 존경한다
너도 농민이 되면 좋겠다
참된 농민은 자본의 비인간성을 시들게 하는
우리 시대의 마지막 시인이자 철학자다
농사는 힘들지만 인간이 하는 일 가운데
가장 크고 근본이다 왜냐하면
아무리 과학과 기술이 고도로 발달해도
사람은 밥을 먹어야 살지 칩과 로봇을 먹고는
살 수 없기 때문이다 그 밥을 생산하는
사람이 농민이고, 그가 종사하는

농업은 인간과 함께 시작하고 끝날 숙명이다
이보다 더욱 중요하고 보람차고 무궁한 일이
무엇이 있겠니?

화살기도

시은이가 복도를 터벅터벅 걷는다
아침부터 왜 이렇게 힘이 없냐고 물으니
어제 수능 모의고사를 망쳤다고
이생에서는 실패한 사람이라고
다시 태어나 새롭게 살고 싶다고
눈물을 글썽이며 말한다
시험이 뭐라고 대학이 뭐라고
저렇게 아이를 절망하게 하는가
희망을 주고 희망을 노래하며
희망차게 살게 하는 일이 교육일 텐데…
절망스런 교육이, 학교가, 선생인 내가
정신과 신체가 모두 건강한 아이를
병들게 한다는 오싹한 생각이 들어
머리카락이 쭈뼛쭈뼛 곤두선다
그래도 희망을 가지라고,
성적과 대학이 인생의 전부가 아니니

다시 한 번 힘을 내라고 말하면,
현실을 무시한 무책임한 말로
희망 고문을 할까봐
나는 말 한 마디 못하고
처진 시은이 어깨만 토닥토닥 두드려 주고
화장실 변기에 앉아 엉엉 울다가
화장지로 눈물을 닦고 아무렇지도 않게 나온다
마음속으로 간절히 기도하면서

'그래도 시은이가 희망을 저버리지 않게 하소서!'

어느 교사의 기도

하느님, 내 안에서 하느님을 제거해 주십시오. 내 경험과 인식에 갇힌 하느님을 죽여주십시오. 그 하느님은 욕망으로 가득한 내가 만든 우상입니다. 파괴해 주십시오. 내가 이해하는 하느님은 티끌에 지나지 않습니다. 그 티끌을 하느님의 총체라고 맹신하는, 무지하고 교만한 나의 밴댕이 속을 도려내 주십시오. 그래야 명경 같은 마음으로, 인간 너머 하느님을 통찰할 수 있습니다. 이 온전한 눈으로 아이들을 올려다보며, 존재를 무조건 사랑하는, 불가능한 사랑을 꿈꿀 수 있습니다.

사월

어른들에게
벚꽃 꽃말은
'묻지마' 관광버스고

아이들에게
벚꽃 꽃말은
'꼼짝마' 중간고사다

흐뭇한 때

졸업한 제자가 모교를 찾아올 때
선생은 뿌듯하다 그러나
내가 서른 해 남짓 선생 구실하면서
가장 뿌듯할 때는
아이가 정말 몰라서 물을 때고
드디어 깨우쳐서
겨울잠에서 깨어나
첫 봄꽃을 찾은 나비처럼
가볍게 돌아가는
그 아이의 뒷모습을 보며
발걸음 소리를 들을 때다

인터넷 강의와 유튜브가 명교사고
학교가 필요 없다는 사차원 시대에
왜 교실에 살이 있는 선생이 존재하는가?
하는, 내 물음에 대한 정답이 바로

질문하는 학생이구나!
하고, 가만히 혼자 좋은 그때

찍기

수진이 수학시험 답안지는
술에 만취했다
반 번호 이름을 겨우 쓰고
이분 거리도 안 되는 내리막길을
점, 점, 점…
수성사인펜을 짚고
비틀거리며 걷다가 도중에
토끼처럼 잠이 들었다

따뜻한 그늘

찬바람 부는 늦가을 저녁
검고 두툼한 롱패딩을 벗어
청계천 노숙자를 덮어주고
서울시청에서 제기동 쪽으로
물 따라 총총 사라지는 푸름이

여수 갯가길 종주
— 자연체험학습

담양 장날이면
귀신같이 알고 앞장선
백구를 따라가는
할머니처럼

떨어지는 별똥별 좇아
쪼르르 달려간 곳
꿈에 그리던 고향 아니네

신기전 같은 호텔이 치솟아
드넓은 전경을 가로막은
바닷가 마을

삼각자 같은 펜션이 늘어서
빼어난 산마루를 토막 낸
산골 마을

〉
개망초 우거진 논과 밭,
낯선 서울 사람이 주인인
들판 마을

밤이면
대낮보다 더 밝은
가로등에

골목마다
전설과 함께
구미호가 쫓겨나고

개울마다
설화와 함께
반딧불이 사라지고

〉
정자마다
정든 사람 떠나고
좀먹은 목침만 나뒹구는

고향에 돌아와서
고향을 찾네

다시는 돌아가지 못할
옛 고향을

소풍

가파른 수능 고개를 넘어
안개 자욱한 백양사에서

흰 양들과 홀가분한 나들이로
묵은 마음 때를 씻는다

벗은 갈참나무와 푸른 비자나무 사이
갈림길에서 걸어온 길을 돌아보니

벌써 갈 때다
고참을 지나 갈참인 아이들

끝이 시작인, 국경선 같은
경계에서

졸업장은 더 큰 신세계로 가는
튼실한 비자다

제4부

풀

바람을 만나면 눕지만

사람을 만나면 밟힌다

풀은 나다, 나는 너다

책 읽기

책은 꽁꽁 얼어버린 바다를 깨뜨리는 도끼가 되어야 한
다. 카프카가 한 말이다.

책의 감옥, 세상에서 가장 편한 독방에 차분히 나를 가
두고 도끼에 온 몸과 정신을 바친다.

그때 찍혀 죽은 내가 새로운 사람으로 다시 태어난다.
도끼에 나를 제물로 바치는 제의는 부활제다.

곡우

티 하나 없이 검푸른 하늘에서
황매화 같은 달이 뒤척입니다

꽃비 고인 강변길을 혼자 걷다
그대를 그리며 생각합니다

그대도 지금 휘영청 밝고 둥근
저 달을 올려다보면 좋겠다고

곡두새벽이 올 때까지 함께
한 길을 걸으며 한 별을 읽고 싶은

목마름에
속울음에

누군가 내 어깨를 다독입니다

그대가 아닐 리 없습니다

사랑의 볍씨를 담그려
안 올 리 없는

그대가 이미 알고 있습니다
내 모든 날이 그대라는 것을

장악

'장악하다'는 '완전히 휘어잡다'라는 뜻이다. 어떤 교사들은 이렇게 말한다. '선생이 아이들을 학기 초에 완전히 휘어잡아야 한 해 수업이 수월하다'고. 그러나 나는 아이들을 완전히 휘어잡을 생각도, 능력도 없다. 하느님이 창조하신, 천하보다 더 소중한 목숨들을 어떻게 완전히 휘어잡겠는가. 아이들은 차별 없이 사랑할 사람이지 완전히 휘어잡을 짐승이 아니다. 아이들도 완전히 휘어 잡혀서는 안된다. 하느님이 완전히 슬퍼하신다.

반란군이 수도를 장악하듯, 나는 아이들을 장악할 의지가 없다. 도리어 장악에 저항한다. 교실에 들어갈 때마다 나는 이렇게 다짐한다. '아이들은 내 주인이고 나는 아이들의 머슴이다. 말썽 부리고 마음을 아프게 하는 아이까지도 기쁘게 섬겨야 한다.' 아이들에게 가르치는 지식보다 배우는 슬기가 더 많고, 아이들에게 상처받을 때보다 위로받을 때가 더 많은 나에게는, 아이들이 하느님이다. 삶터에서 날마다 나를 나이게 하고 나에게 밥을 주는, 고마운 하느님, 완전한 아이들.

체험

　나는 내륙에서만 살았다. 초등학교 육학년 때까지 바다에 가본 적이 없었다. 농촌에서 샘물만 먹고 만지고 살아서 바닷물이 짜다는 사실이 믿기지 않았다. 자연 시간에 배워서 바닷물이 짜다는 것을 머리로만 알았지, 가슴은 줄곧 의심하고 있었다.

　졸업여행 때까지.

　관광버스가 여수 오동도에 닿자마자 나는 바닷가로 달려갔다. 그리고서는 손가락으로 바닷물을 찍어 맛보았다. 아, 정말 짜다, 눈물보다 짜다! 탄성이 절로 나왔다. 위대한 발견이자 체험이었다. 죽는 날까지 잊지 못할.

　스스로 겪은 일만큼 큰 스승이 있을까.

게

앞으로 가는 것만이
앞으로 가는 것은 아니야

옆으로 가는 것도
앞으로 가는 거야

반듯한 대로만이
길은 아니야

길은 여러 가지고
다른 사람들이 가지 않는 황무지도

네가 가면 새 길이 되는 거야
가고 싶은 길이라면

옆길로 빠져도 괜찮아, 결국

그게 너에겐 앞으로 가는 거니까

창가에 손으로 턱을 괴고 앉아
먼 산 바라보며 꿈꾸는 아이야

네가 꿈꾸는 하늘은 높아도 죄가 없고
네 머리에 쏟아지는 햇빛은 찬란하구나

교정

아이들이 쓴 글을 고치다 보면,
수입한 황소개구리는 못에만 살지 않는다.
악착같이 적응해 토착한 그들은
우리 말글에도 산다.
불룩한 'much'라는 영어 복부를 갈라보니
정신없이 잡혀 먹힌,
오래, 자주, 흔한, 매우…
갖가지 우리 낱말이 쏟아져 나온다.

당신 많이 기다렸습니까? → 당신 오래 기다렸습니까?
요즘 지우를 많이 만나니? → 요즘 지우를 자주 만나니?
이런 경우는 많다. → 이런 경우는 흔하다.
  경아를 많이 좋아합니다. → 경아를 매우(아주/퍽) 좋아합니다.

  낱말 수가 문화 수준을 가늠하는 잣대인데,

우리는 서양말을 쓰면서 배달말을 자꾸 줄이고 있다.

쉽고 구수한 배달말을 속어니 사투리니 하며 쓰기 부끄러워하고

어렵고 구린 중국 글자와 알파벳을 일부러 자랑스럽게 쓴다.

그러니 우리 넋과 얼과 혼은 깡그리

황소개구리 뱃속에서 죽고,

우리 말글은 황소개구리가 싼 똥이 된다.

빈 항아리

장독대 항아리에서
빗물을 퍼낸다

텅 비우니
항아리 바닥에서 정수리까지
소리 없는 소리로 가득 찬다

어느 말이나 쓸 수 있는
백지 같은 빈 항아리는
깨지기 쉬운 그릇

조심히 다루지 않고
자칫 깨뜨리면
말도 글도 아닌
괴로운 소음 조각이 되거나

날카로운 칼이 되어
가장 가까이 있는 사람들의
가슴을 깊숙이 찔러
오랫동안 아물지 않게 한다

우정

껍질은 단단하고 까칠하다
굴 소라 호두 두골…

힘들지만 껍질을 깨고 들어가면
속은 부드럽고 말랑말랑하다

한겨울 호수에
물고기가 굳게 믿고 의지하는 수면같이

껍질이 거듭 얼고 녹고 부대껴서
속이 변질하지 않고 가공하지 않은

존재 자체가 빛나고 가치 있는
관계의 진주가 되고

진주는 껍질을 깨야
마침내 얻을 수 있는 보석이다

그 꽃만 자유

꽃은 자유

붉게 희게 노랗게
제 빛깔을 뽐내며 피는
꽃은 자유

진달래로 민들레로 수련으로
제 향기를 뿜어내며 피는
꽃은 자유

장벽 위에서
철조망 너머서
보도블록 틈에서

산에 들에 물에
마른자리서 진자리서

운명을 가꾸며 피는
꽃은 자유, 그러나

모든 꽃이 자유는 아니다
동토를 딛고 사선을 넘어
겨우 이룬 공(功), 꽃자리마저
돌아보지 않고 훌쩍 떠나는

그 꽃에게만 주어지는
결실할 자유

낙화

나는 날마다 젊은 날과 헤어진다

그림자 지나가는 길에

코스모스 꽃잎이 떨어지듯이

서러움도 아름답게

하나씩 빠져 날아간 날들이 빛으로나 쌓여

어느 하늘 한 편에 새 별을 짓는 걸까

그리하여 떠난 자가 남은 자에게

외로운 밤마다

함께 가꾸었던 추억을 끄집어내 반짝반짝

하늘에서 땅으로 흩뿌리려는 걸까

먼 훗날에

사람에게 묻는다

별에게 묻는다
별과 별은 어떻게 사니?
― 우리는 서로 침범하지 않고 어두운 길을 밝히며 살지

산에게 묻는다
산과 산은 어떻게 사니?
― 우리는 서로 푸른 등을 기대고 도란도란 속삭이며
살지

들에게 묻는다
들과 들은 어떻게 사니?
― 우리는 서로 나란히 어깨동무하고 곡식을 키우며 살지

물에게 묻는다
물과 물은 어떻게 사니?
― 우리는 서로 낮은 데로 흐르고 목마름을 풀어주며

살지

사람에게 묻는다
사람과 사람은 어떻게 사니?
— 우리는…

원초적 순정과 연민으로 기록하는, 생명의 시들

정우영(시인)

1.

뿔도 없는 매미가
아파트 베란다 유리창을
머리로 자꾸 들이받는다

나는 창문을 열고
거실로 얼른 달려가
형광등을 끈다

원전 하나가 날개를 접고
낮달 같은 지구에

혈색이 돌아오는 밤

– 「구조」 전문

　마음새가 이쯤은 되어야 시인이라 할 것이다. 내가 아
닌, 너를 살피는 정성. 생명을 위해 기꺼이 나서는 실천. 누
군가에게는 하찮게 보일지도 모르지만, 내게는 이 모든 게
갸륵함으로 다가온다. 생명에 대한 경외에는 등급이 없다.
생명 있는 모든 것들은 마땅히 존중받아야 한다. 그런 점
에서 김정원이 유리창을 들이받는 매미를 위해 "창문을 열
고/ 거실로 얼른 달려가/ 형광등을" 끄는 행위는 범상치 않
다. 안타까운 연민을 풀어내는 자의 따뜻한 배려이며 깨어
있는 자의 움직임으로 비친다. 게다가 그는 형광등을 끄는
자신의 행동에서 "원전 하나가 날개를 접고/ 낮달 같은 지
구에/ 혈색이 돌아오는 밤"까지 읽어내지 않는가. 생명 존
중과 지구 생태는 이렇게 한 몸이다. 매미의 파장이 원전을
끄게 하고 지구를 살리는 것이다. 이럴 때 매미의 날개효과
는 얼마나 눈부신가. 그 눈부심을 시로 적을 줄 아는 그이
는 또 어떤가.

　이렇게 생각하다가 슬그머니, 이 시를 시집 맨 앞에 내건
이유가 궁금해졌다. 김정원은 왜 이 시 「구조」로 시집의 처
음을 열었을까. 그의 시집 전체를 살펴보면 이 시에서 보이
는 것과 같은 생태시의 면모가 그리 두드러지지도 않는데.

나는 앞에 적은 그의 마음새에서 그 실마리를 찾고자 한다. 그는 실천적인 생태운동가는 아니지만, 생태적 태도와 자세로 세상을 받아 안으려는 시인 아닐까 싶은 것이다.

김정원의 이번 시집을 조망해 보면 대략 세 인격이 나타난다. 첫 번째 인격은 교사이다. 아이들을 따사롭게 감싸안고 가르치고자 하는 양심적인 선생님이다. 다음에는 소시민이다. 어느 고요한 소읍에서 이 시대를 앓고 있으며 주로 혼자 삭이는 편이다. 세 번째 인격은 어머니와 고향을 그리워하는 중년이다. 가난과 고달픔을 넘어온 자의 애타는 눈빛이 그에게는 고여 있다.

주요한 캐릭터인 이 셋의 심상들 밖에서 서성이는 그림자들도 비치긴 하나, 그 세는 흐릿하다. 대체로 그의 작품은 이들 선생님과 소시민과 중년의 시선을 따라 얽히고 풀린다. 하지만 그에게 중요한 것은 이와 같은 캐릭터가 아니다. 그가 교사의 눈을 뜨든, 소시민의 눈을 뜨든, 혹은 그리움의 눈을 뜨든 간에 그의 시 밑바탕에는 시「구조」에서 보이는 생명과 생태 존중의 사유가 심연을 이루고 있다.

이렇듯 생명과 생태 존중의 마음새가 그에게 갖춰 있지 않았더라면 나는 조금 곤혹스러웠을지도 모른다. 가르치는 이들이 적어가는 기록들에서 흔히 보이는 '계몽의 소리'가 이 시집에서도 심심찮게 출몰하는 까닭이다. 그런 면으로 볼 때 시적 본성에 그가, 생명과 생태 존중을 뿌리내리고 있음은 얼마나 다행스러운지. 덕분에 나는 한결 가벼이 눈과 귀를 열어 김정원의 시들과 유대를 나눌 수 있게 된 것이다.

2.

처음부터 마지막까지 시집을 통독하고 나면 앙금처럼 고이는 작품들이 있기 마련이다. 김정원의 시집에서 젤 먼저 날 감아오는 시는 「시골 학교—졸업」이다. 명료함 너머에서 풍겨 나오는 그윽함이 오래도록 잔향으로 남는다.

세 번 매화 피고
세 번 매실 따면

세 번 감자 묻고
세 번 감자 캐면

세 번 모를 내고
세 번 벼를 베면

빈 당산나무는 조용히 바라본다

흰 교문을 벗어나는 햇곡식들을

멀리서 오는
새 발걸음을

―「시골 학교―졸업」 전문

    세상 이치를 배우는 게 이쯤은 되어야 참다운 교육 아닐 것인가. 책이나 선대의 지식만으로는 한 아이가 제대로 자라기 쉽지 않다. 무릇 자연의 순환이 그 아이와 함께해야 가능하지 않을까. 이같은 관점에서 매화와 감자, 벼의 오묘한 탄생과 결실은 실감나는 훈육이 아닐 수 없다. 나는 이 자연 법칙의 위대한 깨달음이야말로 그 어떤 가르침보다 우선할 것이라 여긴다. 더욱이 나고 자람과 맺힘에는 성공도 있지만 좌절과 실패 또한 그 못지않다. 그러니 자연의 이 경이로운 경작은 얼마나 뛰어난 교육장인가.

    이 모든 우여곡절을 견디고 나서야 매화는 매실이 되고 감자는 감자가 되며 벼는 쌀이 된다. 아마도 아이는 이 과정을 온전히 견딘 다음에야 비로소 알게 될 것이다. 살다 보면 숱한 역경과 난관들 닥쳐올 것이나 그것들 견뎌 나가는 방책들 또한 적잖음을. 이렇게 생각할 때 학교는 지식의 전당이 아니라 이 우여곡절을 함께 나누며 체험하는 현장이다. 그러니 사람이 사람으로서 사람답게 살도록 가르치고 싶다면 학교는 마땅히 순환하는 자연을 그 텍스트로 삼지 않으면 안 된다.

이 시는 바로 이 점을 상기시킨다. 그런 까닭에 짧은 단편 같지만 결코 얄팍하지는 않다. 그 흔한 계몽도 흘리지 않는다. 다만, "빈 당산나무"처럼 "조용히 바라"볼 뿐이다. 가만히 떠올려 보라. 저 넉넉함이 키워 가는 사람들의 크기가 얼마만한지. 저 "흰 교문을 벗어나는 햇곡식들"은 이미 하나의 인격체로 튼실하게 성장하지 않았을까.

자, 그리고 이 지점이다. 「시골 학교─졸업」에서 이 부분을 놓치면 곤란하다고 나는 생각한다. 김정원이 졸업생들을 "흰 교문을 벗어나는 햇곡식들"로 묘사하는 시행. 탁월하지 않은가. 생물과 무생물의 경계를 헐어버린 이 발상으로 이 시는 아연 깊어진다. 흔히 무생명으로 여기는 식물들에게 사람 못지않은 생명의 가치를 부여하는 것이다. 어디 이뿐인가. 이렇게 동등한 자격을 갖춤으로써 아이들은 스스로 알찬 곡식이 되며, 귀한 곡식이 된 아이들을 바라보는 사람들 마음은 뿌듯해진다. "흰 교문을 벗어나는 햇곡식들"이라는 표현만으로도 이 시는 겹과 겹이 울리는 감동의 하모니를 들려주고 있는 것이다.

「시골학교─졸업」이 단순 명료한 비유로 감동을 불러일으킨다면, 시 「마음에 새긴 비문」은 보다 늘어진 진술로 읽는 이의 눈길을 끈다.

고등학교 일학년 때였다. 나는 담양에서 광주로 유학을 가서 양림동에서 자취를 했다. 단풍이 비단개구리 떼울음처럼 병풍산을 내려오던 어느 토요일 오후. 집에서 하룻밤 자고 이튿날 동틀 무렵부터 해질녘까지 식구끼리 조선낫으로 벼를 벴다.

길고 고단한 일요일 저녁 다시 자취방으로 돌아가야 했던 무거운 발걸음. 우리 마을에서 한참을 걸어가야 신작로가 나왔다. 가난한 삶처럼 울퉁불퉁하고 먼지 풀풀 날리는 그 신작로 가에 허름한 원두막 같은 버스 정류장이 있었다. 나는 일주일치 양식인, 자루에 든 쌀 두 되를 어깨에 메고 막차를 타러 논길을 진땀나게 걷고 있었다.

그때였다. 뒤에서 어머니가 손사래를 치며 달려오고 계셨다. 숨을 헐떡이며 다가오신 어머니는, 붉은 라면봉지에 싸서 노끈으로 묶은, 아직도 따뜻한 무언가를, 두근두근 기다리는 나에게 건네주셨다. 그리고서는 아즘찮은 몸짓으로 막차를 놓치겠다며 어서 가라고 재촉하셨다. 둥근달이 뾰족한 꼭대기를 품은 소나무 아래서 뒤를 돌아보았다. 어느새 초등학생처럼 작아진 어머니는 아직도 그곳에 서서 막내 아들 뒤통수를 짠하게 바라보고 계셨다. 감나무가 많은 시목마을 열녀비각을 지나 논길이 굽은, 어머니가 보이지 않은 언덕배기에서, 그 라면봉지를 펼쳐보았다.

구운 갈치 두 토막! 느닷없이 비린내의 날카로운 가시가 왜 그렇게 서럽고 시큰하게 내 눈과 코를 깊이 찌르던지 왈칵 눈물이 쏟아졌다. 눈앞이 흐려 하늘만 쳐다보다가 가까스로 버스에 올라탔다. 고단함이 발바닥에서 머리끝까지 꽉 찼다. 묵은 파김치가 된 운전사와 차장과 나, 세 사람이 버스를 전세 낸 듯, 실내는 썰렁하고 침침했다. 나는 맨 뒷자리에 앉아 차창 밖을 내다보았다. 유령 같은 미루나무 우듬지에 빈 까치집이 차츰 작아지면서 고향이 멀어져갔다.

글을 배우지 못한 어머니는, 한 자도 남겨줄 수 없어서, 소박한 생활과 얼로 비문을 새겨 놓고 세상을 떠나셨다. 삼십 년이 지났지만 그 비문은 비바람에 조금도 풍화되지 않고 내 마음에 그대로 남아 있다.

또렷이,

'비릿한 삶을 구워 구수한 향기를 내라.'

　　　　　　　　　　　　　　　−「마음에 새긴 비문」 전문

이 시의 '아즘찮은'에 대해 그는 다음과 같은 각주를 달아 놓았다. "아즘찮은 : 마음이 놓이지 않고 걱정스러운, 아쉽고 서운한". '아즘찮다'는 '안심찮다'의 뜻으로, 전라도 지역에서 주로 쓰인다. 집 떠나는 아이를 배웅하는 어머니의 마음에 맞춤인 말이다.

나는 이 시에서 보이는 '아즘찮은 어머니의 마음'에 주목

한다. 그게 무엇이냐고? '라면 봉지에 싸인 구운 갈치 두 토막'이다. 나는 이 '갈치 두 토막'이 집 떠나는 아이에게 어머니가 줄 수 있는 최선의 순정이자 연민이라 여긴다. 시적으로 말하면 본성이다. '라면 봉지에 싸인 구운 갈치 두 토막'은, 오로지 그의 어머니만이 표출할 수 있는 시적 본성의 매개물인 것이다. 그런 점에서 이 시는, 요즘 시에서는 보기 드물게 독자적인 어머니를 그리고 있는 모체의 시라고 할 수도 있다.

한편 그는, 이 갈치 두 토막에서 평생의 시적 슬로건을 얻는데, '비릿한 삶을 구워 구수한 향기를 내라.'라는 시행이 그것이다. 이심전심일까. 어머니의 뜻을 그가 잘 새겨들은 것일까. 알 수는 없지만 나는 모자의 관계로 비추어 볼 때 둘 다일 것으로 짐작한다. 김정원은 이후, 우리 삶의 비린내 나는 우여곡절들을 녹여내어 희망으로 싹틔우는 시 쓰기를 그의 좌표로 삼았음에 틀림없다. 이 시집은 그 좌표의 한 결실이며 그가 세상에 구워주는 갈치 한 토막일 것이다.

이처럼 그와 그의 어머니는, 그야말로 대책 없는 순정과 연민을 교감하고 있다. 나는 이를 '원초적 순정과 연민'이라 이름 붙이고 싶은데, 이는 최근 발표되는 시들에서는 거의 만나볼 수 없는 덕목이다. 이미 단절된 순정이요, 연민이라고 할 수 있다. 어디 시에서일 뿐일까. 현대인들의 심성에는 사람 된 자가 가져야 할 본성으로서의 '원초적 순정과 연민' 같은 게 사라지고 없다. 현대사회가 이토록 삭막해진 이유도 인간의 이러한 본성들이 물질과 탐욕에 시들어져버린 탓 아닐까 싶다.

한데 다행스럽게도 김정원은 이와 같은 원초적 순정과 연민을 새긴 마음의 비문들을 곳곳에 세워 두고 있다. 그 주요 매개자가 바로 앞에 적은 세 캐릭터들─선생님과 소시민과 중년─이다. 이들이 그가 새긴 시의 비문들을 시집이라는 텃밭에 심고 키워 열심히 가꾸고 있는 것이다. 어떤 시는 봄에 익고 또 어떤 시는 겨울에도 익는데, 원초적인 순정과 연민의 계절에서는 봄여름갈겨울이 자연의 이치대로만 순환하지 않는다. 맘의 결에서 피어나는 숨의 움직임에 따라 계절이 바뀌는 까닭이다.

그래서 「대바구니 행상」처럼 겨울 이미지를 품고 있는 작품도, 마치 봄내와도 같은 온기를 뿜어 올릴 수 있었을 것이다.

검정고무신 신고서 폭설에 덮인
동구 밖 한길을 하염없이 바라보았다

서산에 해 지고 소리 없이 기어오는
검은 장막이 하마처럼 입을 벌리고
눈앞에서 모든 물상을 집어삼킬 때까지

＞
곡두새벽 장성역에서 조치원역으로
비둘기호 타고 떠난 어머니는
열흘째 돌아올 줄 몰랐다

대숲이 품에 안은 아담한 초가 처마에서
맑은 눈물을 뚝뚝 떨어뜨리던
고드름은 어젯밤보다 목이 길어졌고

차갑고 어린 내 가슴은
슬픔이 물구나무서서 자라는 고드름이었다
― 「대바구니 행상」 전문

「마음에 새긴 비문」이 어머니의 순정과 연민이라면, 이
시는 아들의 그것을 담고 있다. 정황상으로는 겨울인데 아
들의 그리움에 전염되어 그런지 차갑지가 않다. 시 속 아이
는 "차갑고 어린 내 가슴"을 부여잡고 "물구나무서서 자라
는 고드름" 같은 슬픔에 떨지만, 그 슬픔이 안온하게 스며
드는 것이다.

아마도 이는 내가 아이가 아니라 중년의 시선으로 이 시
를 바라보기에 가능한 감정일 것이다. 그러면 나는 왜 이렇
게 전도된 시정을 품게 된 것일까. 화자인 소년을 바라보는

중년의 시선과 나의 시선이 소년의 감성 너머에서 겹치고 섞이는 까닭이다. 소년이되 소년만이 아닌 그가 중년의 그림자를 깔고 있는 것이다.

소년과 중년이 이처럼 한 몸이므로 배면에 깔아 놓은 그의 감정들은 진솔하다. 그래서 나도 모르게 "서산에 해 지고 소리 없이 기어오는/ 검은 장막이 하마처럼 입을 벌리고/ 눈앞에서 모든 물상을 집어삼킬 때까지" 그와 같이 떨며 어머니를 기다릴 수 있게 되는 것이다.

공감대의 폭이 이와 같이 넓게 펼쳐져 있으므로 누구라도 자신의 기억을 타고 들어가 소년과 일체가 될 수 있다. 흔히 말하는 시의 보편성을 김정원은 이렇게 획득한다. 게다가 애타는 모성의 시 아닌가. 웬만한 인간들은 그가 펼치는 이 원초적 순정에 들끓을 수밖에 없다. 단지 차이가 있다면 누군가는 격정적으로 들끓고 누군가는 가만히 들끓는 것 정도 아닐까.

3.

나는 시에서 계몽과 교훈을 지우려 애쓰는 편이지만, 김정원은 그럴 수가 없을 것이다. 교사라는 그의 삶이 그를, 끊임없이 계몽과 교훈들로 추동하지 않을까. 생각해 보라.

교사는 낮밤을 가리지 않고 학생과 학교로 엮이는 신분이고 계몽과 교훈을 체질화해야 하는 직분 아닌가. 스스로도 그렇고 아이들에게도 모범이 되는 계몽과 교훈을 살지 않으면 안 된다.

생활 반경이 이와 같으므로 교사에게 가장 리얼한 시들은 교육현장의 수많은 현재들을 기록으로 남겨 두는 작품들일 것이다. 오늘 여기, 내가 몸담고 있는 교육 현실을 온전히 기록하고 성찰하며 가르치지 않는다면 어찌 그를 양식 있는 시인이며 교사라고 할 것인가. 흔히 생명의 문학과 생태문학을 자연으로만 연결짓곤 하는데 이는 잘못 알고 있는 것이다. 제대로 된 생명과 생태문학은 바른 가르침을 통한 인간과 자연 그 본성의 깨우침에서 비롯된다.

이와 같은 관점에서 나는 김정원의 교육 창작시들을 뜻깊게 바라본다. 그런데 문제는, '어떻게 다르게 쓸 것인가'이다. 반드시 수많은 교육 창작시와 다른 변별점을 스스로 적어내어야 한다. 기존의 시적 사유와 다르지 않은 작품을 새롭다고 할 수는 없지 않은가. 따라서, 교단생활의 특성상 계몽과 교훈 쪽으로 나아갈 수밖에 없다고 하더라도 독자적인 모색이 없다면 그 작품의 의미는 반감된다.

이를테면 시 「따돌림」과 「학급 담임」, 「장악」 등의 작품들이 여기에 해당될 것이다. 이 시들에서는 따돌림이나 인간 소외, 청소년기의 충동적 일탈, 계급 갈등과 인권 문제 등

교육 현장의 폭발성 강한 문제의식과 충돌들이 다소간 스케치 형태로 그려진다. 더욱이 시「장악」에서는 시인이 화자로서 작품에 적극적으로 개입하여 계몽적인 고백을 풀어내고 있는데 이래서는 곤란하다. 읽는 이가 스스로 심금의 현을 켤 수 있도록 좀더 정련하지 않으면 안 된다.

교육을 소재로 한 김정원의 작품 중에서 날 설레게 한 작품은「찍기」이다. '찍기'라고 하는 제목조차 직감을 자극한다.

> 수진이 수학시험 답안지는
> 술에 만취했다
> 반 번호 이름을 겨우 쓰고
> 이분 거리도 안 되는 내리막길을
> 점, 점, 점…
> 수성사인펜을 짚고
> 비틀거리며 걷다가 도중에
> 토끼처럼 잠이 들었다
>
> ─「찍기」 전문

설명이나 해석을 덧댈 필요조차 없이 이 작품은 재미지다. 우리 시대의 수많은 수진이들이 생생하게 드러나 있다. 정황은 안타깝고 안쓰럽지만 시험장의 전반적인 모습을 떠올리면 코믹하기도 하다. 시험에 열중하는 자와 잠자는 자의 대비가 배면에 깔려서 시의 분위기를 한층 고조시켜 준다. 거기에 "수진이 수학시험 답안지는/ 술에 만취했다"고 씀으로써 의인화된 소극 풍경까지 겹쳐 보인다. 서술 자체는 간략하나, 형식적 플롯은 탄탄하고 내용적으로는 여러 가지 문제의식을 품고 있다. 우리시대 교육 현장의 한 축도를, 수진이 수학시험 보는 장면을 가져와 통쾌하게 풍자한다. 이런 게 제대로 된 교육 창작시가 아닐까. 화자가 직접적으로 개입하는 시보다 훨씬 교감의 폭이 깊고 확장성은 넓어진다.

앞으로도 김정원 시의 한 축은, 교육 현장에서 나올 것이다. 그가 이를 피해 가려 해도 시가 앞장서서 그를 이 방향으로 끌고 갈 것이라 여긴다. 그러니 김정원은 한층 더 교단에서 섬세해야 하며 시선은 더 깊고 넓게 교육 현실을 꿰뚫어보아야 한다. 그가 앞으로 창작해야 할 삶의 시들이, 다른 곳이 아니라 바로 그 교단을 중심으로 펼쳐질 것이기 때문이다. 이렇게 될 때, 교육과 그와 시가 한 몸인 바람직한 작품들이 지속적으로 태어나지 않을까 생각한다.

물론 그렇다고 해서 그에게 교육 창작시에만 몸 기울이라는 뜻은 아니다. 어떤 면에서 교육 창작은 의식의 발로일 수 있는데, 이는 바람직한 삶의 양상이 아니다. 이럴 때마다 그는 일상으로 내려와야 한다. 일상이라는 무의식적 행동들이 그의 곤두선 의식들을 무뎌지게 만들어줄 것이다. 나는 일상의 이 무뎌짐들이야말로 사람을 사람답게 하는 소중한 시공간이라 믿는다. 사람으로서의 나와 너의 기록들, 그 자잘한 세목들에서 우러나오는 동시대성이 다 여기에 깃들어 있다.

그런데 뜻밖에도 김정원의 이번 시집에는 이같은 소소한 일상들이 자주 등장하지 않는다. 앞에서 말한 그의 주요 캐릭터 중 하나인 소시민의 비중이 교사나 중년보다 흐릿하게 느껴지는 것은 이 때문이다. 그는 「실화」 같은 에피소드들에 더욱 더 시의 축을 넓힐 필요가 있지 않을까. 시의 문을 열고자 할 때 가장 알맞은 열쇠는 관심의 동감이다.

큰일 났다
점심때 아내가 집에 없어
혼자 컵라면을 끓여 먹으려고
커피포트에 물을 붓고
아무 생각 없이 가스 불에 올렸다
베란다에 컵라면을 가지러 간 사이
커피포트 플라스틱이 홀라당 타버렸다
잽싸게 가스 밸브를 잠그고
질식할 듯 매캐한 냄새와 검은 연기를
부채로 몰아 부엌 밖으로 쫓아냈다

가슴이 벌렁거려서 쫄딱 굶고

실수로 불을 냈지만

아내에게 혼날 일만 남았다

으째야쓰까 으째야쓰까

증거를 죄다 없애기 위해

얼른 버리고 새 것으로 사다 놓을까

아니면, 말끔히 설거지와 집안 청소를 하고

대문에서 두 손 들고 기다리다가

생뚱맞게 사랑한다고 말할까

아니면, 손을 꼭 잡고

내가 평소에 안 하던 짓을 하더라도

나를 버리지 않을 거지, 하고

불쌍히 여기는 마음을 자아내

자초지종을 말할까

아니면, 짓궂은 유언장을 남기고

며칠 집을 나갈까

외려 뻔뻔하게 큰소리치며 대들까

집을 고스란히 태우지 않은 일만도

얼마나 대견하고 고맙지 않느냐고

으째야쓰까 으째야쓰까

큰일 났다

―「실화」 전문

이와 비슷한 경험 가진 사람들 적지 않을 것이다. '가스불에 커피포트를 올려놓아 태운 사건'은 조금 심각한 경우이지만, 어쨌거나 내 경험의 축을 자극하므로 읽다 보면 입가에 절로 미소가 피어난다. 공감대가 형성된 것이다. 이렇게 되면 시가 비록 진술의 형태를 띈다고 하더라도 독자들 감성을 집적시키는 데에는 그다지 문제가 되지 않는다. '실수'라는 포인트가 아주 중요한 시적 모티브이자 감성의 매개자로 기능하는 것이다. 이것이 일상의 디테일이 시를 견인하는 방식이다. 디테일이 의식을 통과하여 무의식의 어느 한켠에서 공감의 스파크를 일으키는 것이다.

시 「실화」에서도 마찬가지다. 시인 자신의 사소한 실수인 '실화'가 현대인의 심층심리를 흥미롭게 반영하고 있다. 가정에서 남녀의 역관계가 실감나게 펼쳐지는가 하면, 위축된 남성상도 보이고 그들 사이 다감한 정분도 언뜻 드러난다. 오늘 여기를 살아가는 소시민의 현재가 생생하다. 중장년 남성이라면 무릎을 치며 동감하지 않을까. "실수로 불을 냈지만/ 아내에게 혼날 일만 남았다"며 "으째야쓰까 으째야쓰까" 절절 매는 시 속 화자를 보면서 자신의 들킨 속내에 실소를 터뜨릴 것 같다. 그가 일상을 좀더 넓게 펴서 이처럼 조화로운 시의 맘 도도록 얹혀 놓길 기대한다.

4.

　최근 나는 삶이 시가 되어야 한다는 생각에 덧붙여, 무의식과의 스파크도 중요하다고 여기는 중이다. 삶이 우리시대, 나의 일상이라면 무의식은 나와 인류의 공통적 일상이자 그 저변의 광대한 심연이다. 그러므로 이제 시는, 나의 삶이되 나와 우리를 포용하는 무의식의 섬광에 가닿지 않으면 안 된다.

　그런 면에서 일상의 시화는, 다음의 시 「따뜻한 그늘」처럼 한 걸음 더 들어가야 하지 않을까.

　　　찬바람 부는 늦가을 저녁
　　　검고 두툼한 롱패딩을 벗어
　　　청계천 노숙자를 덮어주고
　　　서울시청에서 제기동 쪽으로
　　　물 따라 총총 사라지는 푸름이

　　　　　　　　　　　　　　　　　－「따뜻한 그늘」 전문

　시 속의 "푸름이"가 무엇인지 나는 모른다. 그가 사람인지, 자선단체인지 혹은 상상 속 어떤 기운인지도 알 수 없다. 다만 중요한 것은, 어떤 지원의 손길이 찾아들어가는 생명인 "청계천 노숙자"에게 가 닿았다는 사실이다. 개념의

정리도 없이 시가 "푸름이"의 행위만을 보여주고 마치는 까닭에 이 시는 내게 여러 가지 상념을 끌어들이도록 만든다. 그리고 불쑥, 그 지점에서 어떤 상념 하나가 내 무의식의 한 켠을 땅 때린다. 그것은 부끄러움이다. 추위에 떠는 그 수많은 노숙자에게 이제껏 나는 기꺼이 옷 벗어 덮어줄 생각조차 해본 적 없었던 것이다. 허술하게 드러난 내 생명관의 일단이 제 스스로 멋쩍었다.

　김정원의 시 「구조」로 이 글을 열었는데 그 작품에서 그가 대상화한 생명은 매미였다. 그런데 「따뜻한 그늘」에서 그가 마음 기울이는 건 "노숙자"라는 사람이다. 이로써 그의 시가 지향하는 방향이 더 뚜렷해진다. 그는 전방위적으로 이 땅 위의 생명들에게 숨결을 보태고 있는 것이다. 그가 교육에 관해 쓰든, 일상을 그리든, 혹은 모성을 떠올리든 이는 변하지 않을 것이다. 나는 그가 이 소중한 가치를 좀더 자기만의 발성으로 오래도록 외쳐 주길 바란다. 생명과 생태 존중의 사유들을 드러내는 시인들은 적지 않지만 제대로 적어 가는 시인은 드물다. 그러니 시인이여, 비린내 나는 풍찬노숙을 견디고 생명과 생태의 시 널리 길게 퍼뜨리시라.